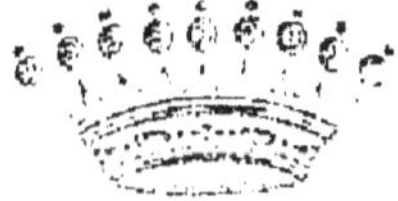

Riches Bijoux

COMPOSANT

*Le précieux Écrin de Madame de X****

<hr>

Importante Rivière de Perles

Pierres précieuses
Diamants
Merveilleuse Ombrelle, etc.

Mᵉ G. COULON	M. A. REINACH
COMMISSAIRE-PRISEUR	EXPERT
Faubourg Montmartre, 56	Rue Meslay, 9

PARIS — 1888

IMPRIMERIE MAULDE et RENOU

———

A. MAULDE & Cie

IMPRIMEURS DE LA COMPAGNIE DES COMMISSAIRES-PRISEURS

Rue de Rivoli, 144

RICHES BIJOUX

COMPOSANT

*Le précieux Écrin de Madame de X****

CATALOGUE

DES

RICHES BIJOUX

COMPOSANT

*Le précieux Écrin de Madame de X****

IMPORTANT COLLIER DE PERLES

DIADÈME EN BRILLANTS ANCIENS

COLLIER BRILLANTS, RUBIS, SAPHIRS

BROCHES DIVERSES. — BOUCLES D'OREILLES

MERVEILLEUSE OMBRELLE

ÉVENTAIL, ETC.

ET DONT LA VENTE AURA LIEU

HOTEL DROUOT, SALLE Nº 8

Le Vendredi 1er Juin 1888

A DEUX HEURES

Mᵉ Gustave COULON	M. A. REINACH
COMMISᵗᵉ-PRISEUR	EXPERT
Faubourg Montmartre, 56	Rue Meslay, 9

EXPOSITION PUBLIQUE

Le Jeudi 31 Mai 1888, de deux heures à six heures

PARIS — 1888

CONDITIONS DE LA VENTE

Elle sera faite au comptant.

Les Acquéreurs paieront CINQ POUR CENT, en sus des enchères, applicables aux frais.

L'exposition mettant le public à même de se rendre compte de l'état des objets, il ne sera admis aucune réclamation une fois l'adjudication prononcée.

Les bijoux seront vendus sans garantie de titre ni de fourrure de qu'elle nature quelque soit.

DÉSIGNATION

1 — Splendide **COLLIER**, perles fines, blanches extra, composé de sept rangs.

Savoir :

1° Un rang de 43 perles, pesant 362 grains ;
2° Un rang de 46 perles, pesant 391 grains ;
3° Un rang de 51 perles, pesant 411 grains ;
4° Un rang de 57 perles, pesant 463 grains ;
5° Un rang de 64 perles, pesant 539 grains ;
6° Un rang de 75 perles, pesant 612 grains ;
7° Un rang de 85 perles, pesant 681 grains ;
8° D'un Fermoir saphir, avec cinquante-cinq brillants formant entourage sur trois rangs.

Nota. — Les rangs de perles seront vendus séparément avec faculté de réunion.

2 — Riche Ombrelle, en dentelle de Bruges, montée or, corail rose, brillants, roses de Hollande, avec un superbe gland masse de perles fines.

3 — Un magnifique DIADÈME, paon avec boutons, fleurs de lotus, feuillages variés ; le tout orné de superbes brillants anciens, et roses.

4 — Riche paire de BOUCLES D'OREILLES paon, garnie de brillants anciens, poires et roses

5 — Riche COLLIER, formé de cinquante-cinq pampilles, brillants, saphirs et rubis d'Orient.

6 — Une GARNITURE composée de : une broche et deux boucles d'oreilles, brillants, roses, rubis d'Orient.

7 — Une riche CHATELAINE or, avec chiffre et couronne de comte, garnie de roses et rubis ; clef et cachets ornés de petits brillants.

MONTRE ancienne, or émaillé, entourée de brillants.

8 — Jolie MONTRE en or, Louis XV, à répétition.

9 — Riche Éventail dentelle noire, monture écaille blonde, avec chiffre or, roses, rubis, pierres couleur.

10 -- CHAPELET or, garni de quatre-vingt-deux perles baroques.

11 — Une BROCHE or, émail pendentif, perles blanches baroques, brillants anciens et roses (manque un brillant).

12 — Superbe BROCHE, or opale, entourage brillants et roses.

13 — Beau PENDENTIF, or opale, entourage brillants et roses (manque un petit brillant).

14 — Une paire BOUCLES D'OREILLES opales, entourage de dix-huit brillants avec pendant opale.

15 — Une **BROCHE** perle entourée de neuf gros brillants et de quinze plus petits et de roses avec pendeloque, perle baroque et roses.

16 — Un Flacon odeur cristal et or, surmonté d'un saphir étoile entouré de roses.

17 — Une **BROCHE**, couronne marquise, ornée de perles fines et roses.

18 — Une **MONTURE DE BROCHE** garnie de vingt-quatre brillants.

19 — Porte-Plume en argent doré.

20 — Une **BROCHE** or émail, avec chiffre, brillants et roses.

21 — Un **TOUR DE COU** en or.

22 — Une **BROCHE** or, forme « Mors ».

23 — Une **CHATELAINE** or, spatule en argent.

24 — Une BROCHE et deux APPLIQUES, or
filigrane, ornées de demi-perles.

25 — BOUCLE DE CEINTURE, filigrane or,
armature argent doré, ornée de demi-perles.

26 — Une ÉPINGLE A CHEVEUX en or, oiseau
en brillants tenant une pendeloque brillant
poire.

27 — Une BROCHE, cadre or, garnie de roses
et pendant perle fine.

28 — Une belle Bonbonnière, cristal avec cercle or.

29 — Nécessaire ivoire avec garniture or.

30 — Un COLLIER perles avec appliques, filigrane or.

31 — Une BAGUE or turquoise, entourage brillants.

32 — Une MONTURE d'applique en or, garnie de petites roses.

33 — Un BRACELET or incomplet, avec deux roses.

34 — Trente-quatre BRILLANTS sur papier.

35 —· Vingt-cinq petits BRILLANTS sur papier.

A. Maulde et Cie, imprimeurs de la Cie des Commissaires-Priseurs
rue de Rivoli, 144.   1000—57845

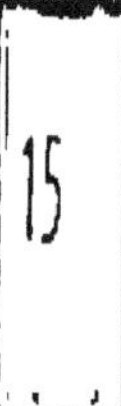

MIRE ISO N° 1
NF Z 43-007
AFNOR
Cedex 7 - 92080 PARIS-LA-DÉFENSE

graphicom

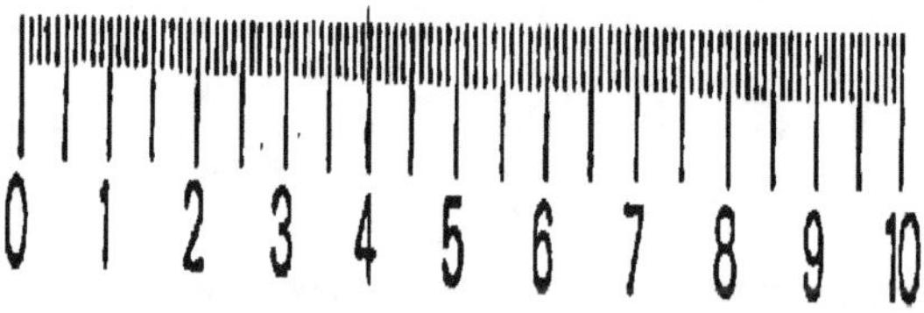

BIBLIOTHEQUE
NATIONALE
DE FRANCE

****

CHATEAU
DE
SABLE
1996